マルテニツァを襟に

武藤佐枝子歌集

コスモス叢書第９７６篇

短歌研究社

目次

マルテニツァを襟に

マルテニツァを襟に

小屋のランプ

馬の耳に赤き房付け鈴鳴らしジプシーの子ら街道を往く

見はるかす野に干し草の香り満ち作業終りし人ら横たふ

牛のむれ横切るを待つ路の辺の紫小花に秋の色見る

はやばやとむれよりのがれ戻り来し牝牛の乳に仔牛跳ね寄る

暖かき地へ飛び去りしこふのとりの残しし巣より藁靡きをり

頬紅く息弾ませて帰り来し児は夕映えの中に輝く

移り来し住まひ東に窓開きラジオジャパンの声弾み来る

村はづれの醸造小屋に夜を籠り舅は今年もラキアを仕込む

ラキア＝スモモや葡萄、杏など様々な果実から作られる蒸留酒でワインと並びブルガリア人がこよなく愛する酒

すもも酒醸造管より滴りて夜明けの小屋のランプに光る

改革のなか

今年よりクリスマス休暇子供らの世界に入りぬ改革のなか

セルディカと呼ばれしローマの旧き町ソフィアは今に甃《いしだたみ》あり

ブルガリアの首都ソフィアの古称。名称は古代のトラキア人の部族セルディに由来。紀元一世紀に古代ローマに征服され、当時の城壁や城門の遺跡がある

ブルガリア正教寺院この聖夜改革希ふ祈り木霊す

食卓の下に藁置き聖夜祝ふ村のしきたり今に続けり

七時間の〈時〉得し思ひ時差の中ラジオジャパンの除夜の鐘聞く

イスカル川凍れる底の水音に若水を汲む母を想へり

粉砂糖振り掛けしごと新雪のビトシャの峯は空に際立つ

オリーブの黒き瞳《め》つけし雪だるまベランダの端に小さく座る

ゆらゆらと手編帽子の間から耳飾り揺らす登校の子ら

母の筆あと

秋漬けのキャベツの桶の蓋取れば淡きみどりの水透き通る

白玉の椿咲きしと記したる母の筆あとちから籠れる

わが母の送りたまひし梅干に土用の日々の甦りくる

ギリシャ米ブルガリア米炊き混ぜて日本を想へり梅干もある

時をかけ夫の作りし変圧器炊飯のたびかすかな音す

春の萌し

「僕ヤナとキスしたんだよママこんな風に」児の手は口は大きく動く

音立てて雪消の水は流れつつ小豆柳の太き根洗ふ

全身に春の萌しを覚ゆるか牝牛《めすうし》今朝は地を蹴り走る

生イースト、玉子十五個、粉二キロ復活祭のパン生地を打つ

キリストが、死後三日目によみがえったその復活を祝う日。
新しい命の象徴である卵にとりどりの色を塗り祝う

玉葱の皮を煮て染めるイースターの玉子は村の素朴さに似る

若みどり萌えゐる山に野のすもも白く咲き出で遠く際立つ

ブルガリア文化の祭子供等はキリル・メトーデ誇りてうたふ

キリル文字の創始者兄弟、聖キリルとメトーデ

ソゾポル旧市街

薔薇の精

バラ油採る薄桃色の薔薇畑香り放ちて麓に続く

薔薇の精消え失せぬ間と人びとは陽の出の前に花びらを摘む

バラ精油工場の朝の門開き花びらを積む馬車の駆け入る

空瓶を戻して得たるレバ持ちて胡瓜、ラディッシュ買ふ帰り道

レバ＝ブルガリアの通貨名

馬鈴薯の種植ゑしあと雪降りてリラ山脈の人ら苦しむ

黒海の岸辺の旧き港町ソゾポルの日暮を人は釣りせり

紀元前七〇〇年ごろにギリシャの植民都市として建設が開始され、
アポロニアという太陽の神様の名前から来た町

デパートの地下に残せる旧き代の城門の石いまに鎮まる

ゆくりなく一条の陽は板壁に掛かるイコンを奇《あや》しく照らす

雉の鳴く里

夫と子を残し旅立つジェットの機の窓に消えゆくソフィア空港

もみぢ葉と木ささげの葉の繁り合ふあひに見え来るふるさとの空

雉の鳴くこの里になほ住みたしと語りますなり独り居の母

街道の馬頭観音に咲きかかる額紫陽花の藍は涼しき

その昔馬繋ぎしといふ木ささげは大き虚持ち庭隅に立つ

桑の葉を背負ひし人の往き来せし径なり幼き日々の偲ばる

木ささげの花房いつしか莢となり旅立つ朝の風に揺れ合ふ

母国より夫と子の待つ地へ向かふ機は真向ひの雲を切りゆく

聖夜の卓

チューシキー焼く香漂ふ街角に思へば今宵夏時間終る

チューシキー＝ピーマン

はや夏の盛り過ぎたる陽を浴びて西瓜は山と積まれ売らるる

原種とふミニシクラメン秘めやかに落ち葉の中に俯きて咲く

ジーンズのポケットいっぱいマロニエの実をはらませて子ら健やけし

ジプシーの少女は黒き髪束ね向日葵の種小袋に売る

ヤギの毛に織られし布は色冴えてイブの夕餉の卓を賑はす

祈りつつ舅は家族に丸パンをちぎりて与ふ聖夜の卓に

何希ひ人ら点すか幾千の蠟燭揺るるイブの聖堂

今宵の主菜

手作りの橇引くポニー軽やかな音響かせ来村の雪道

横降りの激しき雪は一瞬に馬車の轍の跡を消したり

十年ぶり市場の隅に並びたる白菜は今宵の主菜となりぬ

「そこどいて」叫び降り来る雪橇に跨《またが》る子らの頬の赤さよ

ひなまつり唄へば繰り返し子も唄ふ言の葉愛し異国にあれば

解放の記念日けふは式典に花火飛び交ふ三月三日
オスマントルコからの解放記念日

ブルガリアと日本の子らの合唱の声澄み透りホールを満たす

母国語にふれたき時はおのづから「コスモス」の歌声出して読む

雪消の季

マロニエの花房立ちて咲き満つる並木に続くやはらかき空

黄楊の櫛ひび割るる程に乾きたる空気に慣れつつ幾とせの経つ

婚礼の宴たけなはに花嫁も踊りの輪へとステップ踏み出す

布を織り色糸を刺し自らの婚の衣装を手作りし姑

イスカルの流れ静かな音となり雪消の季も終り近付く

各戸より集められたる牛のむれリラ山麓は賑はひ始む

刈り取りし草に混じれる黄の小花揺らしつつ馬車が通り過ぎゆく

十二キロのサクランボ採り冬用のコンポート作りひと日終りぬ

母を訪ふ

精米所取り壊すとふふるさとの便りに畔の細道浮かぶ

朝夕に山鳩の鳴くこの里に米寿迎へし母を訪ふ

我が校舎跡形も無き校庭に学童疎開より帰り来たりき

空襲に学び舎失せて校庭の広がる卒業写真を見つむ

教材に継ぎ物持ちて集ひたる戦後遥けし向日葵の花

生ひ繁る草刈りゆけばやぶくわんざう群れ咲きをりて刈り残しやる

垂れ下がるほど房に咲く百日紅夏の終りの空を占めたり

車輪の音

この年もリラ連山の初雪を遥かに仰ぎ馬鈴薯を掘る

野茨の実のさりげなく活けられて友の食卓にも秋は満ちをり

チューシキーの焦げし皮剝き大瓶に詰める指先赤く染まれり

とりどりの菊売る人の並びゐる街暮るる時華やぎに満つ

雪のうた奏でるごとくプラタナスの実は綿帽子被りて揺るる

あちこちに短波ラジオのアンテナを動かし探す除夜の鐘の音

吐く息の白き二頭の馬が曳く車輪の音よ粉雪舞ふ道

凍え手にスノードロップ数本をいとしげに持つ児の頬紅し

永遠の旅出

雛の菓子無けれど弥生月なりて内裏を描く色紙掛けたり

雪道に手編帽子の鮮やかな色振り撒きて子らの駆けゆく

荘厳なる復活祭の合唱はリラ僧院に澄みて木霊す

咲き初めしリラの花房震はせて戻りし冬の風うねりゆく

早春のバルカンの野に採る蕗を「雑草なのに」と人言ひて過ぐ

地に依りてことば違へば表現も「雨後の筍」「雨後の茸」と

葡萄酒を盛土に花に注ぎつつ永遠の旅出の姑を送れり

夕映えにポプラの影はくつきりと横縞なして道に続けり

激動の歴史のこまを担ふがに辻音楽師ジャズを奏でる

齢経し母

梅雨晴れのときを惜しみて剪定の鋏動かす俄庭師われ

庭石となりし昔の搗臼に長引く梅雨の雨水溢るる

天を指し伸びゆく若き竹の元湿りし皮の重なりてをり

草叢にひつそりと立つ道祖神かつての小路はバス道となりぬ

赤蜻蛉むれなして飛ぶ稲穂田に祖母と立ちゐし杳き記憶もつ

帰国する日は近づきぬ時惜しみ庭掃きをれば木犀薫る

齢経し母のいませばこのゆふべ共に草引く時をいとしむ

乗り継ぎのウィーン空港この街も雨に烟れり冷夏のごとく

牛小屋のひかり

トルコ産蜜柑並びて売り買ひの弾める声は市を飛び交ふ

青き眼をそつと閉ぢたるわが友と「からたちの花」「砂山」を聴く

はるばると「コスモス」着けり封筒を結びし紐の緩みまた良し

廻りくる菊人形をともに見き五歳《いつつ》の記憶きれはしの父

クリスマス用品売場年ごとに賑はひ来たり改革四年目

部屋部屋にランプを点す大晦日牛の小屋にもひかり満ちをり

霧晴るるソフィアの空に流れゆく琴の音清しわがラジオより

故国より戻りし友に賜ひたる柚子の黄色に暫し見惚れぬ

相撲放送

消え残る雪を除けばふきのたう眩しきほどのみどり見せたり

母国語とかくれんぼする心地して希ひし一語辞書に見出す

雪解けの水細ければこの夏の水の不足を村人憂ふ

雪降るとみまがふほどに野すももの花は散るなりイースターの朝

故国との時差を忘れて臨場感あふるる相撲放送聴けり

生まれ出で十五時間の幼な牛はや草を蹴る仕草してをり

母馬の曳く荷に添ひて街道をリズム持ちつつ仔馬従きゆく

ばりばりと音たて草をはみすすむ牝牛らの背を夕風撫づる

遺影となりて

乗り替へし機内に溢るる母国語をなつかしみ聞くひとりの旅路

山百合の蕾は日々に膨らみぬ梅雨明け近き庭の明るさ

床に臥す母に告げたりこのあした小菊、桔梗の咲き初めたるを

地にとどくほど枝垂るる百匁柿まだあをき実に夕日満ちをり

久びさに庭に下り立つ母に添ひ咲きのこりたる秋海棠見る

わが撮りしスナップは今祭壇に遺影となりて母のやすらぐ

今は亡き母の部屋より見上ぐれば木ささげの葉の庭に散りつぐ

逝きし母の床に休みし幾夜過ぎ嫁ぎし国へいま帰りゆく

胡桃割る音

〈ジプシーの夏〉と呼ばるる小春日の陽射しは橡の木むらに躍る

ネフスキー寺院の地下に飾らるるイコンの赤の深き鎮もり

飲み終へしトルココーヒーの椀の中眺めすかして友は占ふ

トルコをはじめ黒海沿岸各国で、粉を濾さずに淹れた
トルコ式コーヒーの底に溜まった粉で占いをする

クリスマスイブの食後に胡桃割る音響き合ふ村の故習に

粉を練りパン生地膨らむそのあひだ心ときめく私の時間

見はるかすリラ雪原は陽に染まり年の初めの空に溶け合ふ

週末の市にワインの量り売りの瓶の触れ合ふその音の良し

おふくろの味を仕込みて天火より香はたち始む夫の生れ日

この年もバルカンの野に蕗採りて里の習ひのごとく炊きたり

母国語の余韻

爽やかな香につつまれて菩提樹のあはきみどりの花芽摘みゆく

とりどりの色鮮やかにサーカスの小屋建ち始む夏草のなか

菩提樹の並木に添へる露天市にイコン、古時計隙間なく並む

邦人の会に語りし母国語の余韻にその夜長く浸りぬ

放牧より戻りし牛はそれぞれの戸口に啼きて帰りを知らす

遠き日に母を包みし矢絣の布をわがためいま縫ひてをり

雨止みし旧きローマの石道の窪みの水に映る秋空

コプリシュティツァ

ネフスキー寺院の鐘

取り置きの味噌に仕立てる汁の味初雪しづかに静かに降る夜

〈ニコライの名〉の日の夕べ仕来りの鯉鱒を焼きをり舅のために

ブルガリアでは聖者の誕生や弔いに、名前の日として祝う。十二月六日は聖ニコライの日

ネフスキー寺院の鐘の愁ひ持ちしづけく鳴るを除夜に聴きをり

陽の賜ふひかりの粒の躍りをり年あらたなる雪花の枝に

元旦の卓に真白きヨーグルトいつもと違ふ顔して並ぶ

福寿草の花びらすでに色褪せて母の遺せる文の中にあり

マルテニツァを襟に

春を祝ひ幸を希ひてマルテニツァを襟に付け合ふ三月は来ぬ

マルテニツァ＝赤白の毛糸で作るお守り、
春の代表的な伝統のひとつ

こふのとり戻り来たると報じゐるテレビは若葉の枝をも映す

イースター近づく街に玉子持つ人目立ち来ぬ夕暮のなか

こふのとり大き翼に舞ふ姿久々に見し野は豊かなり

なりはひの跡留めたるあかがねの古き小鍋も露店に並ぶ

菩提樹の花咲き初めるこの街に四季の移りのあるを喜ぶ

きささげの花天を指し咲き盛るキリル・メトーデの像のかたへに

ぶだう葉にくるみしサルミと五目飯の郷土料理を友と食べ合ふ

ふるさとの庭に

はるかなるふるさとへ発つ機の窓にバルカンの森けぶり消えゆく

戦争の体験アンケートに答へゐし亡き母を偲ぶ夏の畳に

疎開への柳行李を造りつつ母と交はしし言葉憶ひ出づ

お手玉に炒り大豆入れ面会の母持ち呉れき疎開の里に

疎開より戻りしわれらを駅頭に迎へくれたる母若かりき

ふるさとの庭に拾ひし椿の実そと仕舞ひたり旅立つ朝

空港に迎へに来たる子は持てり紅の薔薇と吾亦紅の花

反政府デモ

買ひ来たる十キロ程の洋長葱大鉢に埋め冬に備へつ

ベランダの衛星アンテナ宙に向き故国の様を映す世と成る

はるばると着きし文なり日本の郵便局のあはき消印

今は亡き母と交はしし文仕舞ふ棚の木箱にこころの奥に

諸物価に電気暖房交通費また値上がりてこの年暮るる

政変後七年余なるこの街はインフレ抗議のデモに明けたり

十万の老若男女蝟集せる反政府デモソフィアに続く

抗議デモの目的つひに遂げ得しを歌ひ踊れりソフィアの人ら

三日続きしデモ終りたるこのあした道掃く人らに雪花の散る

ガソリン不足に物資動かず五、六軒探せどパンを買へず戻り来

凄まじきインフレつのり遂に今一万レバの紙幣出まはる

街の趣

青葉紫蘇、春菊、分葱、韮の種蒔きて季待つわがベランダに

対岸のルーマニアの森くろぐろとドナウの流れに影をしづめぬ

郵便料また値上がりぬ絵ハガキはところ狭しと切手貼られて

発酵の済みしパン生地三つ編みの形ととのへ胡桃を飾る

いくつもの流れとなりて雪解けの水はビトシャの原にきらめく

天秤に量りてみたし未来より過去へのおもひ多くなり来て

英名の看板が増えこの街の趣どこか変はりて来たり

野すももの木陰に寄ればゆゑもなく故国離れし日のよみがへる

ジプシーの群れ

ドナウ川に向かひて広き友の庭むくげ咲きをり白さはやかに

トンネルを出でては入るバルカンの山道つづく甲斐路にも似て

シプカ峠シプカの赤き実を摘みて秋野を渡るジプシーの群れ

リラ山の麓に摘みしブルーベリーをジャムに仕上げぬひと日の終り

茶にせむと野薔薇の実を摘み入るる袋に秋の朱色増しゆく

ドナウ川を見下ろすあたり丈低き山ほほづきの色付き始む

秋冷の街にキャベツは山をなし大袋もつ人ら群がる

長き大根

「おめでたう」初雪祝ふならはしの言葉掛け合ひ会話始まる

〈日本の大根〉といふ名つけられて市に並びぬ長き大根

プランターに育つ窓辺の青葱は千切れば日本の香の強くたつ

亡き母のわがかたはらに座りゐし夢見し朝花を買ひたり

東洋の人のみ買ふと市の人言ひつつ白菜渡しくれたり

丁寧にわが打ちしパンクリスマスイブの卓にて真中を占めぬ

クリスマスイブは精進料理のため
玉子、牛乳は入れずに作る

十八年住み来し街に鮭売るを見しけふの日を記念としたし

ソフィアの銀座

スノードロップの小束にみどりひと葉添へ媼売りをり春立つ街に

キリル文字わつと迫れり邦人の会を終りて街に出づれば

ベランダのドア開けたれば一斉に湧き立つごとく鳥の囀り

はるばると送られ来たる同窓の名簿を指になぞりて飽かず

道に添ふ湿原に二羽のこふのとりつかず離れず餌を啄む

マロニエの白き花房咲き満つるソフィアの銀座ビトシャ通りに

橋の上に羽根を広げたブロンズの四羽の鷲は今を見続く

木台より溢れむばかりのサクランボ手掴みされて計り売らるる

縦書きも横書きも良き日本語は欲張ってるねとビッキーは言ふ

大粒の雹降りしのちバルカンの野に刺すごとし強き日差しは

柊二の歌碑

乗り替へのチューリッヒ空港に久々の日本語聞こゆざわめきの中

この狭き電話ボックスに異国との距離無きごとく夫と話せり

時差のなかお早うと言へばお休みと夫との電話しばしちぐはぐ

帰国の日迫りし夕べ武蔵野の柊二の歌碑をふたたび訪ひぬ

朝夕に『アンナ・カレーニナ』読みつぎし遠き日思ふ電車の中に

ふるさとに見し〈タイタニック〉再びをソフィアに観をり夫の隣で

走馬灯のごとふるさとの日々浮かぶ自が送りたる荷を解くとき

仕上がりしピクルス並ぶ棚の上和風漬物のひと瓶を置く

初冬の静けさ

黒海のかをり仄かに匂はせて陽焼けせし子が玄関に立つ

十月の今リラの花咲くと聞く黒海の辺も気紛れ気象

山査子の赤き実を摘むバルカンの秋のひかりの隈無きなかに

大いなる黄の切り口を秋空に向けて南瓜が街に売らるる

ふるさとの餅米混ぜてエジプト米研ぎゐる窓に澄める冬空

六十キロのキャベツを漬けたる樽並ぶ納屋に初冬の静けさの満つ

雪道に頬赤らめて樅の枝をかざし来る子よ聖夜間近し

クリスマスの朝の村路を家より家へイコン支へし人巡りゆく

冬枯れの市

日本語と英語互ひに教へ合ふエリーとけふは七草を語る

冷え晴れの続きし後に雪舞へば亡き人よりの文のごと思ふ

台の上にオレンジ、バナナ山なしてそこのみ明るむ冬枯れの市

山査子の実を夫のため薔薇の実をわれのためにと茶に入るる朝

柊二像描きし葉書を日本より送り賜ひし友よありがたう

ギリシャ産トルコ、スペイン産蜜柑皮は混ざりて湯船に香る

酪農の村

梅まつり始まるを告ぐラジオジャパン目つむり遥かその香に浸る

道の端に小さき空を映しつつ雪消の水はゆつくり流る

厨辺ににんにく玉ねぎ芽を伸ばす魔法のごとき春のひかりに

生イースト、玉子の話題、鳥のこゑ、多くなり来てイースター近し

黄の布を敷き詰めしごとたんぽぽの庭は続けり酪農の村

住み憂しと時に思へどこの地にも山菜ありて春の野に出づ

デノミに消えむ

夏時間陽はまだ高きバルコンにラジオ深夜便のメロディー流る

朝顔を描く団扇をはたはたと扇ぎ子は言ふ日本の風と

「天の川」「七夕飾り」と独りごつ七月七日の夜空を見上げ

千レバと一レバの値札付けられてトマト売らるるデノミ始まる

なつかしく再び使ふストティンキ千分の一のデノミ実施に

ストティンキ＝補助通貨。一レバが百ストティンキ

五十レバとなりたる五万レバ紙幣デノミに消えむ時世移りて

アナウンサーが水着に似たる服纏ひ気象報ずる八月猛暑

弾痕の残る家壁通るたびひしと悲しみ過りいゆきぬ

隣国のトルコ罹災地へ犬連れて向かふ救助隊の映像厳し
一九九九年八月十七日トルコ大地震発生

黄桃ひとつ

吹く風もどことなく秋　六十の手習ひに描く黄桃ひとつ

高き枝に採り残されし山査子の実の赤きいろ秋空に映ゆ

ネフスキー寺院の晩鐘石敷の道に沁み入るごとく響かふ

アンテナを伸ばせば短波ラジオより琴の音流れ菊花展伝ふ

萩垂るる石垣映すふるさとのビデオ画面に川の音聴く

背景の花々に目を奪はれてメキシコテレビドラマ見続く

まなうらに故国の晩夏よみがへる曼珠沙華のうた歌誌に多くて

年越しの習ひ

自家製のすもも酒、ワインを誇るがに薦めくれたりニコライ翁

納豆と豆腐作りに挑戦すこの地の豆に頼る思ひに

バスの中にジングルベルの歌聞きてときめきしより十年過ぎぬ

年越しの習ひは花火新年の飾りは樅と慣れ暮らし来つ

日本の正月のさま幻のごとたゆたひて遠くなりたり

お裾分けされし日本の新米を炊けばあはれのごとき香流る

陸奥《みちのく》に共に疎開をせし友ら雪降り積めばいまも顕ちくる

この年も歌会始の切り抜きを故国より友の送り給へり

王の食卓

常磐木に小鳥のこゑのここちよしプラス気温に転じた朝

春めきしビトシャ望めるベランダに韮も和葱もみどり揃ひぬ

雛祭り、解放記念日このひと日雪と花火に明け暮れにけり

遥かなる世に吸ひ込まれゆく心地してトラキアびとの古墳に入りぬ

紀元前三世紀に建てられたカザンラクのトラキア人の墳墓

蹄の音葬列の笛聞こえ来るトラキア人の壁画を見れば

大蒜のかけらも並ぶトラキアの旧き壁画の王の食卓
あの世へと最後の宴に手を重ぬトラキア壁画の王と后は

枝引き寄せて

スパゲッティの袋に記す十ヵ国語華やぐごとく日本語もあり

肌寒きリラの街ゆく〈花冷え〉と〈花曇り〉とふ母国語いとしむ

花の名を持つ人祝ふこの聖日ビオレッタに子は長き電話す

吾のみ知る山独活生ひしかの場所を五月のソフィアに遠く思へり

やはりここは遠きドナウの方なるかひと月かかり航空便着く

ひと月余くるぶし病みて籠りたり花梨、のばらの花も見ず過ぐ

廻り道しても野の道歩みたし癒ゆるくるぶしいたはる思ひに

大桑の実の熟るる頃か子らのこゑ繁み通してひびき賑はふ

繁る葉にたわわに実るさくらんぼ枝引き寄せて数人で摘む

宝のごとく

ぶだう棚の小さく青き房揺らし七月の風音も無く吹く

遠き日に携へ来たる俎板の薄きに夏の胡瓜を刻む

僅かづつ互みに違ふ方向きてパラボラアンテナ夏空を負ふ

チコリヤの花涼しげに逝く夏のひと日を咲きて咲き終りゆく

供へ物無きを惜しめり秋真中ビトシャの峯に月の昇れば

故里の梅干白く塩ふけば宝のごとく棚に置きたり

ショルダーの橙

祖母の忌に母と寄りたる寺庭の樟の下に立つ今日母の忌に

再びを左眼の手術に入院す君よりの文も枕辺に置き

両の目に視力戻れば未知のごとき明るき空の迫りくるなり

乾し白子雲丹海藻も日本の味なり荷物に満たし旅立つ

うっすらと雪を被りし連峰の機窓に続くシベリア上空

ショルダーの橙ひとつに手触れつつウィーン空港に乗り換へを待つ

空港のボディチェックを靴にまで目を鋭く通すブロンドの係官

ソフィア像立つ

父と子の並び奏でるビオロンの音は地下道を縫ひ通りゆく

書き初めに「二十一世紀のゆめ」と書くエリーは細く流るる線に

レーニン像去りて幾年いま高くみみづくを腕にソフィア像立つ

深き冷え伝はり来たり郷国の和紙寒漉きの放映ありて

黒海の小鯵を市に売る女の眼は澄みし冬空に似る

ビトシャ山麓

紅薔薇の束

バレンタインの聖日なりと紅薔薇の束携へて戻れり夫は

里芋を煮る歌干柿飾る歌郷国の正月を歌誌に味はふ

暖冬に終りし街を時ならぬ雪は覆へりエイプリルフール

二重窓二枚のカーテン越し来たる小鳥らのこゑ優しこの朝

頭に腰に青柳の枝を巻き揺らし子ども華やぐ花の聖日

在外の選挙用紙

銀杏切り輪切り千切り微塵切り厨にアニーと和む日本語

キセレッツ、ラーパ、コプリバ地の山菜友のレシピはパン食に合ふ

一人づつ国旗にキスし歩み初む若き兵士ら宣誓式に

息子兵役に入る

マケドニア内戦映像日々厳し宇宙へと人の旅する今を

宇宙への旅を終りて人戻る映像にわが念ひ遊ばす

見えぬものに繋がるごとく在外の選挙用紙に記す日本語

夏の森に鳥さへづれどこの国に蟬の鳴かぬは心かなしも

味噌を仕込む

吹く風のいと秋めきて鹿の背に似たる茸も市に出始む

地の大豆郷里のかうじに初めての味噌仕込み終ふ一人の厨

初雪の降る窓ぎはに取り置きし小豆を炊きぬわが慣はしに

バザールに買ひ来し豆に納豆と豆腐を仕込み一日終りぬ

「齢と共に和食好むは自然の理」味噌仕込む吾に友言ひ呉るる

マリョビツァの空

はつはるの手帳の白さよ記しゆく言葉ゆたかににほひたつべし

ドナウ川凍りて船も動かずと放映さるる今日は七草

バルカンの空流れゆく鰯雲「羊雲だよ」と夫は譲らず

兵役を修めて戻る青年の笑みも動きもどこか違へり

古椿は赤々と今華やぐか遠き記憶となりたる庭に

今に及ぶ時々の思ひを吸ひ呉れしマリョビツァの空われに尊し

マリョビツァ＝リラ山脈北西部リラ国定公園内にあるアルプス型の美しい山岳

僧の祈る声

イスカルの流れの音に僧の祈る声響き合ふ舅四十日忌

野に草は萌え初め羊のむれいくつ鈴の音ひくく通り過ぎたり

林檎の花はや散り終へてマロニエもリラも季節を急ぐがに咲く

枝枝が窓を掠める音のして市電は森の公園をゆく

スカイブルーを吸ひ込みしごと涼しげにチコリは朝の夏野を謳ふ

六十代最後の夏

生れ日に夫買ひ呉れし一鉢の梔子の花匂ひ初めたる

六十代最後の夏の始まりし今日心してひと日過ごさむ

蟬の鳴く庭を恋ひをりバルカンの夏の林に緑繁れば

八月になればかの日の恩師寮女の嗚咽は今も耳にし残る

隣村に疎開し来たる弟に面会せし日の鮮やかに浮かぶ

みちのくの大樹のもとに並びたる疎開の子等の古びし写真

異国語に囲まるる日々いとしみて母国のことば探し詠はむ

芸人夫婦

がまの穂もはや盛り過ぎバルカンの野を通りゆく風は秋めく

鈴生りのすももは熟れて枝に垂る舅姑亡き庭の閑けさにをり

百ボルト二百ボルトの差し込みの壁に並びて二十年経つ

馬鈴薯を大袋に売る人ら立つサムコフ街道に秋澄みくれば

大熊を引き連れ芸人夫婦ゆくソフィア郊外黄葉敷く道

師走間近き

初雪に街も並木も白き朝ラジオジャパンは立冬を告ぐ

山積みの南瓜売る人の夜籠る赤きテントは雪道に映ゆ

訪へば友は聖画像《イコン》をマドンナに変へをり師走間近き壁の

日々流るる星占ひの放映を見つつユリアはどこか神妙

手作りのキムチ、のり巻並びたり母国語さまざま飛び交ふバザーに

巡回の医師

菱餅に代へて手製のマドレーヌ紙雛に添はす独り春愁

小豆無き地に白餡の三笠山自家製和菓子に友は茶を点つ

こふのとり次々南へ戻りくるニュースに思ふ「桜前線」

パン食に合はぬとも良し蕗、蕨アニーに語る料理法など

母国語にかく安らげり健診の巡回に来し医師に対へば

新しき老化現象ひとつづつ身に生るる如し紫陽花の咲く

二十年余経ちし梅干塩吹きて結晶に光る空にかざせば

捨てたしと思へど今に捨てられぬ物を念ひを削ぎつつ生きむ

輝く火星

草積みて駆けゆく馬車の蹄の音夏の盛りの野に遠ざかる

リンデンの冷茶に友と和みつつ然れどひそかに麦茶恋ひをり

この地球のいづこに生を終るとも良しと仰げり輝く火星を

売られゐし西瓜の山がいつのまにか消え去りて人は編物羽織る

秋澄みてビトシャ山趾も鮮やかに見えつつカリン実を太らせぬ

この朝鳥不安げに囀りてビトシャの野辺に初霜の降る

「この香りまさに秋だね」ふと夫のつぶやきを聞く黄葉敷く道

母逝きし季は巡り来この地にも黄菊白菊溢れ咲きたり

干支の猿

モンステラ時かけ遂にみづみづと若葉開けり師走に入る日

鮭一尾売られ始めしこの街に二十五年目の年の瀬迎ふ

冬霞バルカンの峰に柔らかしレモンバームのティー香る朝

干支の猿和紙に折られてはるばると日本より来ぬドアに飾らむ

寒入りをラジオジャパンに聞きし朝この地の予報も厳寒を告ぐ

降り頻る雪を背にしてモンステラ、羊歯は窓辺にみどり象る

緑の小苗

快晴は変はりて曇り、雨、突風、雹、粉雪舞ふ弥生ひと日は

月曜が来て金曜になる早さ追ひつけぬ思ひにおろおろと生く

古希過ぎし夫は記念に趣味活かし食器の戸棚仕上げくれたり

希ひもち芽柳を輪に飾りたり復活祭の近づくドアに

マーケット、ガソリンスタンド、宣伝板とみに増しくる東欧の街

山なして桜桃売らるる台の辺に緑の小苗さまざま並ぶ

日本をも経来しオリンピックの聖火なり七夕の今日ソフィアに燃ゆる

聖火送る前の宵なるコンサートネフスキー寺院の広場賑はふ

日本文字隠るるごとく姿見すスラベイコフの本屋街ゆく

バザールに買ひしぶだうを持ちゆけば猶も小蜂は纏ひ付きくる

黄金のマスク

遺されしローマ時代の石道に沿へる小草も秋の色なす

古墳より出土せしとふ月桂樹の葉を象りし黄金の冠

二〇〇四年、ブルガリア共和国中央部カザンルクの谷で発見された古代世界に隆盛を誇ったトラキアの王の副葬品

黄金のマスクの放つ輝きはトラキアびとの技巧を伝ふ

南の地ペトリッチ産柿の実はひときは目立つ初冬の市に

この秋も里の習ひに柿いくつすもも酒ラキアに渋抜きをせむ

地の豆と日本産かうじ馴染み来て幾年経ちぬ手作り味噌に

日本語とブルガリア語を聞きわけて猫ブランカは夫婦を往き来す

バルコンの手摺に乗りてブランカは世を眺めゐる猫の眼に

フリーズドライの七草粥

裸木にパラボラアンテナに降る雨の音それぞれに年の暮れなり

新年の習はしと子らは飾り枝《スルバチカ》かざし長寿を唱へくれたり

正月を回想しつつ遠き地にフリーズドライの七草粥食む

いつも知る道なれど今朝は雪の花あふれ咲きたり匂ふ如くに

昆布の香よ小豆の色よふるさとの荷を解きゆく雪のゆふぐれ

任期終へ日本へ帰る友送るポプラ並木につづく冬空

春一番

口衝きて出でし日本語「春一番」温き風今日ソフィアに吹けば

ふきのたうビトシャの原に摘みゆけば遥かなる日々指に伝ひ来

夫の手に箱仕上がれば手作りの豆腐も今日は角を持ちたり

喜びに満つるが如くイースターの鐘は響かふ若葉の季を

咲き初めし林檎の花の薄紅を震はせ過ぐる春野の風は

菩提樹の木陰にレース売る女ら競ふごとくに編む手動かす

三銭の切手

古戦場シプカ峠にひなげしは血のごと赤く群れて戦げり

桑の枝に寄りて熟れ実を味はへばかなしみは濃くただよひ過ぐる

庭先に落ちし焼夷弾消し止めしと語りし母を偲ぶ八月

疎開地へ届きしハガキ三銭の切手も母の字も古びたり

戦地へと慰問袋をととのへし彼の日の母を憶ふ葉月は

母に添ひ炭の配給受けにゆきし杳き記憶よ寒き夜なりき

かなしみの記憶に夏も逝かむとすサラダに絞るレモンの香り

一斉にかうべを垂れて向日葵は夏の終りの空に続けり

琴欧州を語る

いとしみて四半世紀を共に来しミシンに向かふ秋めくひと日

夕暮の人もまばらな市の端に火点すごとく黄菊置かるる

味噌作り五年目となり我が作の色に香りにこころは満ちぬ

心して茸取りわけ売りくるる少女の指に秋陽は纏ふ

カロヤンが勝ちしと日ごとこの土地のテレビニュースは琴欧州を語る

雪の面に小紋柄思はす小鳥らの足跡つづき年の明けたり

降り頻る雪道なれどコスモス誌受け取りにゆく歩みは弾む

ミルク粥に甘さ加へしデザートをおふくろの味と病む夫の言ふ

アンテナに止る雀と吾を見つつ鳴く飼ひ猫よ何を訴ふ

廣重の日本橋の空ひろびろと明るし友より届く絵ハガキ

ひらひらと山桜の花零れたる亡き母の文を偲ぶこの季

ソフィア市中心部

生姜も添へて

サーカスの終りて移りゆきし野に初夏の空広がりてをり

いけ花に鉢の手入れに働きしホテルに今日は客となりたり

ふるさとは梅雨の真中か眼つむれば廂打ち落つる雨の音する

花嫁を乗せし車を先頭に警笛鳴らし車列過ぎゆく

地平へと遥かに続く向日葵の黄溢れたりタルノボへの道

さまざまを語りくれたり蟬時雨終戦の日の式放映に

永久に二度と作りてはならぬもの戦のための防空頭巾

生わかめに生姜も添へて日本の味持ち呉れぬ再会の友

電子辞書パピルス

この地にも「秋の長雨」なる言葉あれば何とは無しにやすらぐ

ひともとのポプラが秋を奏でをり細波のごと葉を揺らしつつ

成功を希ふ門出に水を撒く慣ひを今朝は子のためにする

保存食作る人等の減り来しはどこか寂しと言ひ合ふ初冬

さだめなれど横文字使ひ暮らす日々歌言葉など消えゆく思ひ

電子辞書パピルスは脳の年齢も計り呉れたりひとりの時間

母語の語らひ

年の瀬にやつと届きし「コスモス」は日本の空気纏ひてをりぬ

新年の昼餉の卓に招ばれ来て御馳走は先づ母語の語らひ

暖冬にはや咲き初めしスノードロップ溢るる如し雪の白さに

雪降れど積もらぬままに子供らの橇は出番を待ちて並べり

仔牛生まれ再び搾乳始めしとマリアは乳を携へ呉れたり

叔父も逝きたり

父のごと親しみし叔父の訃報受けソフィアを発ちぬ取りも直さず

澄み渡る空に眩しき白木蓮二十七年ぶりの里の春光

図らずも藪椿咲く里庭に叔父の遺骨を携へて立つ

十五年経ちし梅酒の色澄めり漬け込み呉れし叔父も逝きたり

叔父も逝き想ひ出のみとなりし人吾が内に増ゆ齢を重ねて

作り置く副菜洋風より和風多くなり来ぬ年経しソフィアに

胡麻を炒り青菜を茹でてキッチンに和風味作る憂ひ積もる日

ちぎり葉を鼻に

針槐の白、アカシアの黄花揺らし若葉風過ぐサモコフ街道

遥かなるリラ山系の山並に雲湧き上がり七月に入る

一夜明けかの華やぎも香も失せし月下美人の俯くも良し

をりふしに韮、山椒のちぎり葉を鼻にたのしみ精気を貰ふ

鈴懸の木の葉揺れをる在ソフィア日本大使館への道歩みゆく

味噌、醤油、梅干、緑茶、海藻を最低限置きソフィアに住み来ぬ

ブーローニュの森

ブーローニュの森の想ひ出籠められし松笠一つ捨てられずゐる

母と観し最後の月がそのままに今宵ソフィアに輝りてかがやく

この朝幾年ぶりに見し夢に母は屈みて何か読みゐる

取り置きの米僅かにて幾つかのおはぎ作れり彼岸の今日は

訪へばシーズンオフの薔薇の谷猛暑に枯れし枝葉続けり

一仕事終りて息を吐くごとし黄金の葉すべて落とししポプラ

迷ひ箸ならぬ迷へるフォークなりアニー宅での郷土料理に

何が無し師走に入れば身の裡に母の仕草のさまざまに顕つ

「綿入れを送る」と書かれし母よりの疎開地への文手もとに古ぶ

コピトトに祝ふ

地には雪天に星ありビトシャ山のコピトトに祝ふこの新年を

コピトト＝標高一三四八mに展望台があり、
ゴンドラで登ることができる

コピトトより見渡すソフィア年明けの花火轟く光に音に

木々の枝は樹氷纏ひて花のごと幻想めきて道に続けり

「転ばぬやう」母に語りし遠き日よ今吾に言ひ雪道をゆく

形無く眼に見えぬもの身の裡に持つ幸せよ雪の声聴く

やはらかき花びらのごとはらはらと樹氷は舞へり風そよぐ野に

海苔巻いくつ

啓蟄を桜前線を告げ呉るるラジオジャパンの声は弾めり

ふるさとの庭よ小川よ和水仙の黄にあふれたる友の絵手紙

バルカンに果つるもよけれ夕映えは今イスカルの湖にただよふ

天上より撫でられしごと滑らかにムサラの残雪陽に輝けり

ムサラ＝バルカン半島最高峰

いつまでも見てゐたき空ライラック、 アカシアの花の真澄のあはひ

聖日の仔羊料理の卓の端にひつそりと置く海苔巻いくつ

薔薇生ふる地に

母国語にどつぷり漬かり友とゆく東海道の旧き石道

川の音に混じりし雨の音も良し畳にやすむふるさとの夜

山鳩の斯く哀しげに鳴く聞けば「かぐや」映しし地をふとおもふ

そのかみの「恋路峠」のおもかげも消えゆきて今家並つづけり

ふと見れば虹の立ちをり高齢も後期と言はるる今日は生れ日

身の裡に親族を皆住まはせて惑ひつつ生く薔薇生ふる地に

ハイビスカス、蟹葉サボテン、ゼラニウム花咲く傍に韮細く立つ

何時の間にか手作りケーキも純和風心して磨く日本の小豆

誕生の記念に父母の購《あがな》ひしつがひ鳥の軸ソフィアに古ぶ

夫と並びて

うるはしき紅葉狩なるならはしを故国の秋を友に語らむ

地域集中温水暖房待つ日々を母の想ひ出の茶羽織纏ふ

回り道し夫と並びて落葉踏む落葉踏みゆくその音いとほし

「諸数値は正常です」とドクターはパソコンのみを見つつ宣ふ

味噌作り塩切り麴を混ぜ合はす指はひととき故国にあそぶ

「モターヤ」は「もたもたしてる」似てゐるね夫と互ひの母語に気付けり

指に愛しき

リンゴ、李、桜桃の花終る頃花梨咲きたち辺り明るむ

白樺の幹に赤松彩りてリラの山路は童話めきたり

丹精し夫の作りし変圧器はや三十年を使ひ来たりぬ

キリル文字の大海のなか歌詠めば指に愛しき漢字、ひらがな

街頭に千人針の布持ちて請ひゐき母よ葉月巡り来

戦後の食「甘藷、南瓜」と言へば夫「馬鈴薯、豆」と追想し合ふ

銭湯に行きつつ聞きし「尋ね人」ラジオの声も遠き八月

古き扇子

ソフィアにて初めて味噌を買ふ今日を記念すべきと独り言ちたり

蛍袋描かれし古き扇子持つ大正の香り漂ふごとき

変圧器通し踏みゆくミシンの音長き来し方刻むがごとし

何が無し今語りたき母国語を語る人無し羊雲流る

神無月母の命日迎へむと求め来たれり黄菊、白菊

日本での展覧会終へ戻りしをトラキア宝物飾られてをり
ブラッツァ考古学博物館

それぞれの墓に人らは馳走並べ牧師待ちをり鎮魂の日は

年ごとに薄れゆくなり「帰心矢の如し」なる言父母もなければ

ペチカの焔に

パラボラに長き氷柱のひかる朝テレビジャパンは大寒を告ぐ

パラボラに雪の積もれば日本のニュース途絶えて白銀世界

ブルガリア、日本の習ひそれぞれに心し四季を楽しみ生きむ

故国発つ前夜燃やしし決別の幾多よぎりぬペチカの焔に

大きさの微妙に違ふ内裏雛友は巧みに千代紙に折る

子が呉れし紅ミニバラの鉢を置く窓辺に寄れり結婚記念日

トロヤンの陶器

何事も限りがあるねと言ふごとしディフェンバキアは天井に倦む

ひとまづは幸とおもはむ鉢植ゑのクローバーのなか四つ葉みつけて

サモコフに遺されし旧き水飲み場石彫りの花に心あそばす

味噌、海藻和食材店出始めてソフィアの暮し変りゆくらむ

湘南の浜に黒海に拾ひ来し貝はグラスに小宇宙なせり

ベランダに小松菜、青じそ育ちゐて日に一回の和食うるほす

トロヤンの陶器に白きバラ映ゆと見詰めたまひし母はもこほし

小鳥一羽おそるおそるに木蔭より出づると見れば親鳥のこゑ

墨書きの文字

花びらを摘み終りたるバラ畑しづまりて秋の空につづけり

道の端の採る人もなき洋梨の熟れ実にそそぐ秋のひかりは

そのかみに母の給ひし臍《ほぞ》の緒の小箱に残る墨書きの文字

ともすれば望郷のうた詠みてゐる冬青空にけふもこころは

父と子のよりそひ一つ馬車をひく蹄のおとに暮れゆくソフィア

一条の飛行機雲が瑠璃紺のソフィアの空を分けてゆきけり

荷にしのばせて

機の窓に天・地・海のけぢめなく二つの国を往きはた戻る

一時帰国せしをむかふる白玉椿の葉間のそらよわれがふるさと

ひと椀に母国の香りあふれけり荷にしのばせて持ち来し柚子の

膾《なます》にも米酢なければ林檎酢をつかふ日々なりこれもわがくに

クリスマス終りし樅の一鉢はバルコンを占め冬陽浴びをり

朝やけに染まれるビトシャの峯々をうすべに差せる雲ながれゆく

遠きひめごと

ブルガリア初のメトロの動き出す聖水撒きて僧祈るなか

地下鉄の成りて相乗りタクシーの消えゆくソフィアなにかさみしい

吹く風の強弱・方位指しくるるポプラの一樹窓にしたたしむ

雨のあとしめりのしるきはだごころ故国の梅雨のひたにこほしも

あてどなく人込みをゆく夢を見し朝を鳥の囀りせまりく

糸のごと細き残月かかる朝遠きひめごと不意に顕ちくも

生きてふたたび

「戦争は悪だ」と詠まれし師のいたみ身にきざみつつ重き八月

疎開せる幼も稲田に袋持ち蝗あさりき飢ゑしのがむと

放射能の汚染より「疎開」するといふニュースにし遭ふ生きてふたたび

弟と母がソフィアを訪ひくれしかの夏のごと雲は湧きゐる

黄金に野のすももの実の色づけるかたへを人は草刈りて過ぐ

バルカンの野に大鎌の音冴えて競ふごと人ら草を刈りゆく

並木路にマロニエの実のきはだちて晩夏にむかふ空に映れり

かがやく木の実

つばくろも　鸛《こふのとり》　もみなみんなみへはや発ちしとて村人さびしむ

母語ならぬ森にまよひて見上ぐれば歌のことばはかがやく木の実

鳥の来て啄みし桃朝の卓に剝きつつしたたる果汁のにほふ

日本《ヤポンスキ》のばら《ローザ》とこの地で呼ばれ咲くハイビスカスのやはらかき赤

碧空は木々のあはひに散らばれりリラ山系に雪のくるころ

あとがき

京橋にあったパイロット万年筆株式会社に勤めておりました頃、私は国際語エスペラントを学び始めました。その後バルナのエスペラント世界大会で知り合った夫とブルガリアの首都ソフィアに住んでおります。体制の違う国に住み、丁度十年後の一九八九年、ベルリンの壁崩壊をもってはじまった東欧を中心とした政治・経済の大改革に遭い、歴史の大きな転換期の前後のこの国の日常生活を、その渦中で体験しました。

夫の両親はソフィアの南六十キロの酪農の村に住んでおりましたので、私達は土、日曜日には夫の里に帰っていました。一方、私は一人暮しの山梨に住む母の許へ許されるかぎり、六月から九月の間でしたが、一時帰国して庭仕事などを手伝いました。そうした時、母が地域の生涯教育のひとつとして開かれていた教室で短歌を勉強しているのを見て、だんだんと短歌を身近かに思うようになり、作歌を始めました。そうした折にソフィアでの何かの集りがあった席で森泉典子様と短歌のお話しから「コスモス」

へのお誘いをいただきました。

一九九〇年の夏、五十七歳という遅い出発ではありましたが、その時、宮柊二先生の創刊された「コスモス」を知り、とても嬉しかったことを思い出します。

「朝日歌壇」、歌会始の選者であらせられた先生をずっとあこがれにちかいおもいで尊敬しておりましたので、それまでの迂闊さに後悔いたしました。森泉典子様が帰国されたあと、ひとりでの勉強となりました。

私が「コスモス」に入会したことを母后子《きみこ》は非常に喜んでくれました。そして次のような歌を詠んでいたことを知りました。

振り袖の花嫁つれて村をゆくコスモスあまた乱れ咲く道
（一九八一年作）

娘の便り日びの暮しをこまごまとソフィアの庭の花の色まで
（一九八七年作）

私が五歳の時父が亡くなり、母は幼い弟と二人を大東亜戦争（太平洋戦争）の困難の中、学童集団疎開に出された私を励まし、育ててくれました。

この歌集の上梓を喜んでくれるであろう今は亡き母にこの歌集を捧げたいと思います。

選歌は御指導いただいております仲宗角先生にお願いし、歌集名『マルテニツァを襟に』は「春を祝ひ幸を希ひてマルテニツァを襟に付け合ふ三月は来ぬ」からつけて下さいました。

本歌集には一九九〇年十月から二〇一二年一月までの五三五首を大体年代順に収めてあります。目次で御理解いただけるとも思いますが、一時帰国の際の歌をところどころにまとめました。

上梓にあたり「コスモス叢書」に加えてくださいました宮英子先生、選者の先生方、旧ユーゴスラビアで独り作歌しておられた経験から、独りソフィアで詠う私を折にふれ励まし、教えて下さいました故君島誠様、歌集をまとめますのに御協力くださった大野英子様、あたたかく見守って下さいました日本、ブルガリア、カナダの友人達、スケッチを寄せて下さったソフィアの友人エレオノーラ・フリストバ、そして短歌研究社の堀山和子様、菊池洋美様に心からお礼を申し上げます。この歌集の成る頃、私の七十歳代最後の年が始まります。これからも母語を忘れず歌を励み続けたいと希っております。

二〇一二年三月

武藤佐枝子

検印
省略

コスモス叢書第九七六篇
平成二十四年七月二日　印刷発行
歌集　マルテニツァを襟《えり》に
定価　本体二七〇〇円
（税別）
著者　武《む》藤《とう》佐《さ》枝《え》子《こ》
Mladost-2 Blok208A Ap.9
Sofia 1799, Bulgaria
Saeko Muto Dargova
発行者　堀山和子
発行所　短歌研究社
郵便番号一一二－〇〇一三
東京都文京区音羽一－一七－一四　音羽YKビル
電話〇三（三九四四）四八二二・四八三三
振替〇〇一九〇－九－二四三七五番
印刷者　豊国印刷
製本者　牧製本

ISBN 978-4-86272-288-1 C0092 ¥2700E

短歌研究社　出版目録

＊価格は本体価格（税別）です。

歌集	天泣	高野公彦著	四六判	一九二頁	二八一六円	〒二〇〇円
歌集	海嶺	宮英子著	A5判	二〇〇頁	三〇〇〇円	〒二〇〇円
歌集	エトピリカ	小島ゆかり著	四六判	二〇八頁	二三八一円	〒二〇〇円
歌集	キケンの水位	奥村晃作著	A5判	一七六頁	二八〇〇円	〒二〇〇円
歌集	卯月みなづき	武田弘之著	四六判	一七六頁	二六六七円	〒二〇〇円
歌集	天意	桑原正紀著	四六判	一九二頁	二七〇〇円	〒二〇〇円
歌集	指紋	蓮本ひろ子著	A5判	二二四頁	二五〇〇円	〒二〇〇円
歌集	黒蝶貝の海	平松茂男著	A5判	二〇八頁	二八五七円	〒二〇〇円
歌集	枇杷色の月	佐藤慶子著	A5判	一九二頁	二六六七円	〒二〇〇円
歌集	夜空のオブジェ	上里和子著	A5判	二〇〇頁	二五〇〇円	〒二〇〇円
歌集	妻へ。千年待たむ	桑原正紀著	四六判	一五二頁	一七〇〇円	〒二〇〇円
歌集	切子の器	達知和子著	A5判	二〇八頁	二三八一円	〒二〇〇円
歌集	糸遊	日野原典子著	A5変型	二一六頁	二五〇〇円	〒二〇〇円
歌集	3Bの鉛筆	山岸登民雄著	四六判	二一六頁	二三八一円	〒二〇〇円
歌集	夕まどひ	守屋純江著	A5判	二三二頁	二三八一円	〒二〇〇円
歌集	レガッタの季	三枝英夫著	四六判	二三二頁	三〇〇〇円	〒二〇〇円
歌集	嵌込みパズル	楯明香江著	四六判	一九二頁	二五〇〇円	〒二〇〇円
歌集	紅鷺	仲宗角著	四六判	二〇八頁	二六六七円	〒二〇〇円
歌書	曙光の歌びと—「桑原正紀」を読む	木畑紀子著	四六判	二〇八頁	二六〇〇円	〒二〇〇円
歌集	鵜の岬みち	土屋好男著	A5判	二二四頁	三〇〇〇円	〒二〇〇円
歌集	岬山の虹	伊藤司郎著	四六判	一七六頁	二七〇〇円	〒二〇〇円